给劳拉。

糟糕的发型
Zaogao De Faxing

出 品 人：柳　漾
项目主管：石诗瑶
策划编辑：柳　漾
责任编辑：陈诗艺
助理编辑：闫　函
责任美编：邓　莉
责任技编：李春林

著作权合同登记号桂图登字：20-2017-100 号

图书在版编目（CIP）数据

糟糕的发型／（英）杰拉德·罗斯著·绘；柳漾译. 一桂林：广西师范大学出版社，2018.12
（魔法象. 图画书王国）

书名原文：Horrible Hair

ISBN 978-7-5598-1225-4

Ⅰ. ①糟… Ⅱ. ①杰…②柳… Ⅲ. ①儿童故事 – 图画故事 – 英国 – 现代 Ⅳ. ① I516.85

中国版本图书馆 CIP 数据核字（2018）第 230734 号

广西师范大学出版社出版发行

（广西桂林市五里店路 9 号　邮政编码：541004）
网址：http://www.bbtpress.com

出版人：张艺兵

全国新华书店经销

北京尚唐印刷包装有限公司印刷

（北京市顺义区牛栏山镇腾仁路 11 号　邮政编码：101399）

开本：889 mm × 1 050 mm　1/16

印张：2　插页：8　字数：20 千字

2018 年 12 月第 1 版　2018 年 12 月第 1 次印刷

定价：36. 80 元

糟糕的发型

[英] 杰拉德·罗斯/著·绘   柳 漾/译

GUANGXI NORMAL UNIVERSITY PRESS

广西师范大学出版社

·桂林·

狮子受邀参加船上派对，可他很不开心。

"看看我这发型，糟糕透了。"他嘟囔着，"我得换个发型。"

刷一刷，梳一梳，烫一烫。

他试了各种各样的发型——

可怎么也不满意。

"还是问问大家的看法吧……"狮子自言自语。

"河马，你觉得我的发型怎么样？"

"我现在没空。没看到我正为参加派对做准备吗？"河马说。

"大象，你喜欢我这个发型吗？"

"别逗我。"大象说，"我正在涂指甲呢。"

"大猴，你说我这个发型还能改进改进吗？"

"洗一洗，梳一梳，再拉直。现在看起来像方便面一样。"大猴偷偷笑了起来。

"蛇，你喜欢这个颜色吗？"

"如果是粉红色，我会更喜欢的。"蛇说。

"野猪，你觉得我就这个发型参加派对怎么样？"

"走开！"野猪尖叫一声，"吓了我一跳，看我这口红涂的！"

"天啊！"狮子深吸了一口气，"果然糟糕透了。大家都在嘲笑我。"

花豹卖力地敲着大鼓。"喂，狮子，别管什么发型了。赶紧上来，派对就要开始了！"

大船突突地出发了。

"千万别弄湿了我的头发。"狮子叹了口气。

乐队开始演奏，声音越来越大。

大家都在开心地跳舞，除了狮子。

"快点儿加入我们吧！"鳄鱼用沙哑的声音说。

"不行。"狮子大叫，"会毁了我的发型的。"

"快看，我跳得多棒啊！"大象自豪地叫道。

"我也很棒啊！"河马大喊。

河马越跳越高，越跳越兴奋，根本停不下来。

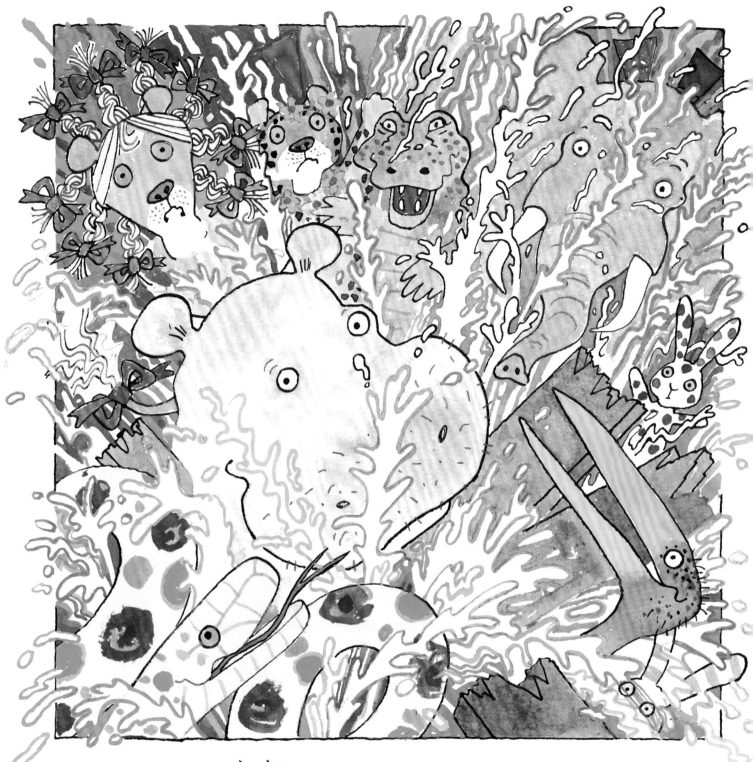

咔嚓！ 甲板断了，河马掉进水里。

哗啦啦！ 到处都是水。

大船沉了。狮子跳进水里。

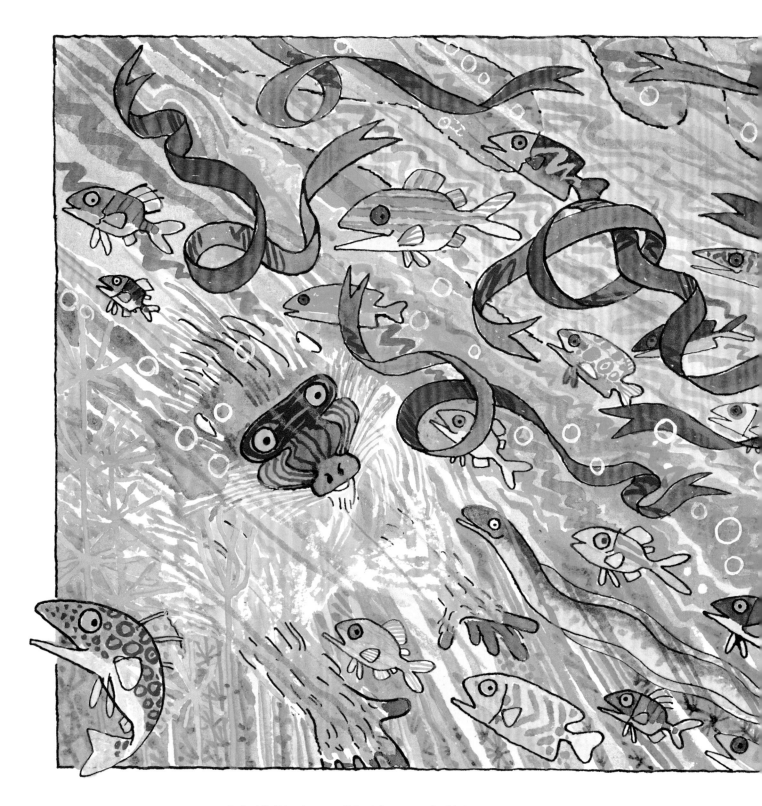

"太糟糕了!"狮子想,"彩带都没了——

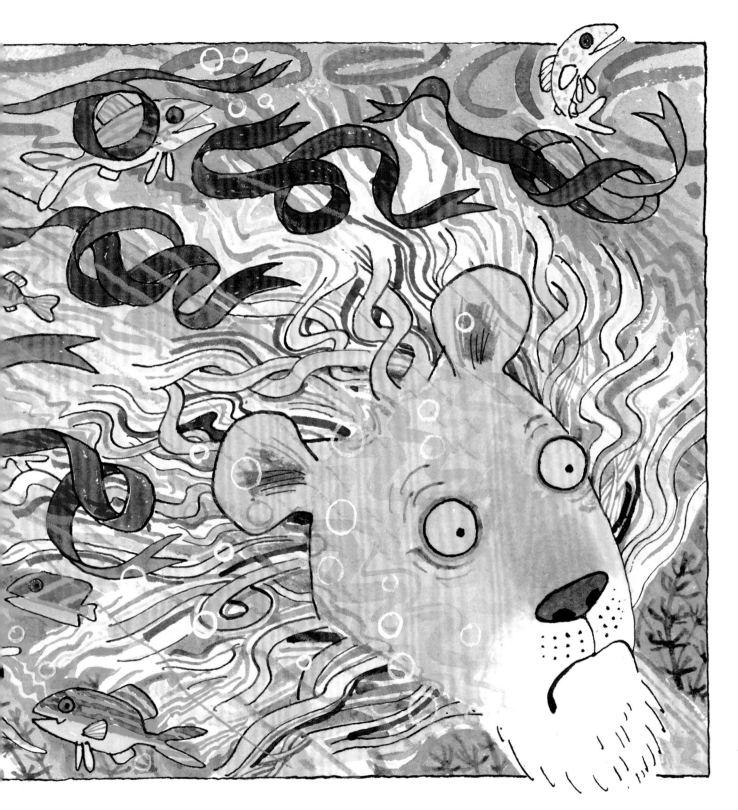

发型肯定更糟糕了！"

狮子可怜兮兮地爬上泥泞的河岸——

"快看狮子的发型！"河马叫了起来。

"别嘲笑我了。"狮子快哭了，"我知道我看起来糟糕透了。"

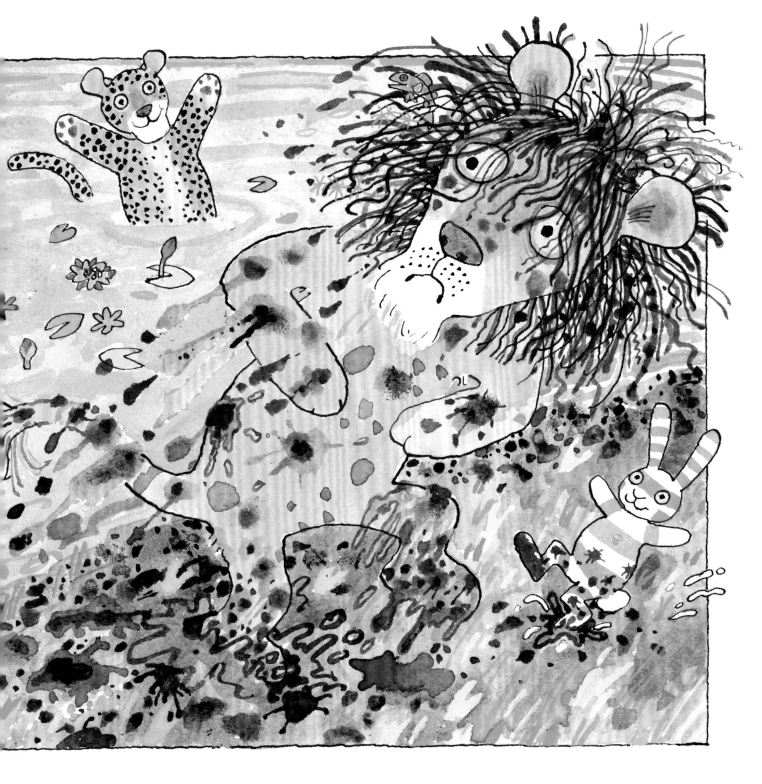

"不，不会啊。"所有的朋友大叫，"你看起来帅呆了！"

"真的吗？"狮子喘着气问。

"没错！"他们兴奋地说，"这是你今天最棒的发型！"

"噢，谢谢你们！"狮子激动地说。然后，他终于笑了。

"再也不用担心糟糕的发型了。现在，继续我们的派对
吧！"狮子大喊。

看看他们到底干了什么……

魔法象
为你朗读，让爱成为魔法！
The Magic Elephant Books

魔法象
图画书王国

导读手册

糟糕的发型

扫一扫，更多阅读服务等着你

GUANGXI NORMAL UNIVERSITY PRESS
广西师范大学出版社

玩出来的成长与人生

宁宇／童书译者、亲子阅读践行推广人

《米莉的大惊喜》和《糟糕的发型》带给我的第一感觉是"真热闹，真好玩！"两本书中主要的动物角色相近，好像制造这两场闹剧的是同一群动物，让人回想起小时候玩的"过家家"。

在《米莉的大惊喜》里，河马发现了米莉的百宝箱，于是动物们纷纷开始用里面的道具装扮自己，他们想要给米莉一个惊喜。很多动物装扮的角色与自己原本的形象形成鲜明对比，比如，蛇把自己扮成一朵甜美的花，野猪扮成上了年纪的女士，大象扮成轻盈的仙子……这些反差让人忍俊不禁，同时也给读者提出一个问题：当我们在装扮自己的时候，是喜欢扮成跟自己相仿的角色，还是不像自己的角色？动物们大都打扮得五彩斑斓的，

却有一只大猩猩竟然本色出演，还对其他动物大喊大叫，把大家吓得四散奔逃。为什么这只猩猩不参加大家的角色扮演游戏？在结尾处谜底揭晓，原来这只猩猩是米莉扮的，她是这本书里唯一的人类，却选择扮成动物，给了朋友们一个惊喜。

像书中这些发现了百宝箱的动物一样，孩子们也有强烈的好奇心与模仿他人的行为习惯，这是儿童时期重要的心理特征。可不要小看"过家家"这样的游戏哟！它在儿童认知发展过程中可是起到了很重要的作用。苏联心理学家维果茨基认为"过家家"这样的游戏是社会性活动，是在真实的生活实践情况之外，在行动上再造某种生活现象。孩子们通过角色扮演，学习与同伴沟通，学习理解游戏规则和他人需求，通过共同遵守游戏规则，学习控制自己及适当地妥协。在这本书中大家共同遵守的游戏规则就是扮演他人：动物扮演成别的动物或者人，人则扮演成动物。

从深层来看，如果说《米莉的大惊喜》主要讲述的是观察和扮演他人，那么《糟糕的发型》则是让孩子思考，在与他人共处中如何寻找自己的位置。《糟糕的发型》的主人公是一头狮子，他对自己乱七八糟的发型很不满意。为了获得同伴的认可，他变换各种发型去寻求河马、大象、野猪等动物的意见，却始终没有得到满意的回答。不同的发型代表不同的社会角色，如果用心观察就会发现，这些发型不仅风格各异，甚至所体现的性别特征也模糊

不清：一会儿是部落酋长风，一会儿又是宫廷妃子头……这暗示着狮子在自我定位过程中也在不断探寻性别特征（当然啦，那一头浓密的长发已经告诉我们这是一头雄狮）。最终，发型问题随着狮子意外落水得到解决，用一个成语来形容就是"洗尽铅华"。狮子想通过扮演他人来获得大家的认同，却没能如愿，最后凭借自己本来的模样得到大家的夸赞。

孩子们很小就开始玩"过家家"游戏，一开始是一个人，随着年龄增长，他们会邀请更多小伙伴（有时是玩偶，有时是真人）加入游戏，各自分工，扮演不同的角色。在这样的游戏里，孩子会根据自己的日常观察进行模仿，就像狮子改换发型，动物们穿戴上不同的道具和服装。游戏过程中，孩子们可能会安慰生病的宝宝，分享刚刚做好的美食，对小伙伴发号施令，等等。他们一边试图让他人遵守自己制定的游戏规则，一边也要理解与接受他人的游戏规则，通过口头或者肢体沟通达成共识，这在书中体现为狮子最后

与动物们一起玩泥巴。

维果茨基认为，根据五岁儿童在玩"过家家"时所表现出的想象力能够预测他们将来的学习情况。这是因为"过家家"游戏不仅可以让孩子学习社交，同时，他们要不断应对问题，这也考验孩子的想象力与逻辑思维能力，他们需要动用自己有限的经验以及丰富的幻想，使问题得到解决——比如《米莉的大惊喜》中怎样才能给朋友们一个大惊喜，《糟糕的发型》中如何让自己的发型得到大家的认可。这些问题看似简单，其实需要孩子们运用逻辑和想象，将已有的经验重组，并判断其可行性，这对孩子而言并非易事。

通过游戏的方式，能够让孩子们在愉快地玩耍的同时，提升实用的生活技能，锻炼思维能力。"过家家"式的角色扮演方式也被应用到最新的"翻转课堂式"教学中来，例如让孩子扮演老师，主动提出问题，并寻求解决问题的办法。孩子们通过换位思考，尝试从老师的角度看待问题，便能够感受到老师的付出，这样可以培养他们的同理心。

我们常说，一个拥有健全人格的人应该拥有完整的自我。这个完整的自我是怎样形成的呢？无外乎两个方面：一是全面深刻地了解自我，知道我是谁；二是理解自我与他人的关系。而做游戏、阅读游戏主题的图画书可以让孩子在愉快的情绪中主动思考，寻找自我定位，并学习如何与他人相处。这能够帮助孩子健康成长，使其受益终身。遇到这样的好书，赶紧跟孩子一起玩起来吧！

卡琳·谢尔勒 @ 魔法象：

著绘者简介

杰拉德·罗斯
（Gerald Rose）

📣 媒体推荐

大人们总是说："小孩子需要呵护。"所以，有些话题处理起来，要极尽微妙之能事。就像写一本关于害怕的书，还得让孩子们有愉快的阅读体验，这可真是一件难事，大概只有图画书才能做到吧。这本书，做得不错。

—— 徐榕（童书评论人）

书中的动物形象各具特色，灵巧可爱的老鼠一家、大声吼叫的狮子、跳起来拉臭臭的臭鼬、张牙舞爪的蟋蟀、慢吞吞的老学究乌龟，还有可怕凶猛的蛇，他们的神情和体态特征，包括全身的姿势动作，都栩栩如生，让整本书充满了生命力。

—— 徐白虹（童书插画师）

我们为孩子也为家长选书，所以，我常常希望能更多地"照顾"双方，能有一种属于彼此之间的平衡。一本图画书，既有用，也"无用"，既为家长解决了某些问题，又能给孩子带来成长里最宝贵的营养，多年以后，我们仍然不忘初心。

现在，摆在我们面前的这本《你有害怕吗？》就有这样的奇妙、这样的魔法。

—— 柳漾（儿童文学工作者）

英国著名图画书作家。出生于中国香港。从小喜欢动物，曾在香港家中养过猴子、蛇、蜥蜴等动物。第二次世界大战期间，日军侵占香港，杰拉德的父亲被押往战俘营，杰拉德和母亲、姐姐则被关在斯坦利拘留营中，在那里他第一次见到了活老虎。这些动物给杰拉德留下了深刻的印象，为他的童年生活带来美好与期待，也贯串他一生的创作。

二战后，杰拉德进入英国洛斯托夫特艺术学校和皇家艺术学院学习，后来在多所艺术学校做教师，并成为插画家。1960 年，凭借《老温克尔和海鸥》获得英国凯特·格林纳威大奖。代表作品有《虎皮毯子》《糟糕的发型》等。

杰拉德·罗斯 @ 魔法象：

《你有害怕吗？》

国际安徒生大奖提名画家经典作品，帮助孩子以愉悦的心情走近"害怕"，最终克服恐惧，找到心灵中属于自己的温暖与安全之地。

〔德〕拉菲克·沙米／著

〔瑞士〕卡琳·谢尔勒／绘

王 星／译

作者所获荣誉：

2012 年获国际安徒生大奖提名

2012 年作品入选意大利博洛尼亚国际插画展

定价：34.80 元

印张：2⅔

开本：12 开

适读：2~4 岁、4~8 岁

出版：2015 年 4 月

领域：健康、社会、语言

装帧：精装

要点：情绪、亲情、想象、幽默

ISBN：978-7-5495-6397-5

内容简介

　　拉菲克用极精简而又极富表现力的笔调，借用一只纯真无畏的小老鼠米娜询问"你有害怕吗"，描述了每一个人眼中的恐惧究竟是什么。最后，一条张着血盆大口的毒蛇的出现，让米娜终于明白了什么是害怕。在故事结尾，米娜昂头走上了高处的树枝，这里风景更好，却比低处危险，她害怕？

　　一则简短的故事，其实是孩子成长的隐喻，可以帮助孩子认识世界，培养他们的自我保护意识。我们的害怕与恐惧其实正是源于对这个世界的了解，成长越多，了解越多，恐惧也就越多，同时面对恐惧的勇气也会越多，因为此时我们已经长大。

纯真童心描绘的动物世界

早早/儿童文学硕士、插画师

1960 年，年仅 25 岁的杰拉德·罗斯凭借《老温克尔和海鸥》赢得了凯特·格林纳威大奖，轰动了童书界。这位年轻的格林纳威奖得主也因此成为当时英国备受瞩目的新锐插画家。这本获奖图画书的文字作者是与杰拉德相伴一生的妻子伊丽莎白，当时为儿童创作的优秀图画书数量稀少，这让杰拉德和伊丽莎白深感失落，于是夫妻二人毅然投身于图画书创作事业，出版了五十余册图画书。

如今，杰拉德已经 83 岁高龄，依然笔耕不辍，

用爱和热情耕耘童书事业，用优秀的作品点亮孩子的童年。魔法象童书馆出版的《米莉的大惊喜》和《糟糕的发型》便是杰拉德近些年的作品，依旧延续了他幽默搞怪的创作风格。

在杰拉德的图画书世界里，总是蹦跶着各种各样的野生动物，河马、大象、狮子、野猪、鳄鱼、老虎……这与他独特的成长经历是分不开的。小时候，杰拉德就在香港家中的后花园里饲养过蛇、蜥蜴、猴子等动物。不过，这种无忧无虑的生活没有持续多久，第二次世界大战期间，日军侵占香港，逮捕了杰拉德全家。他的父亲被押往战俘营，6 岁的杰拉德和母亲、姐姐则被关在斯坦利拘留营里。这段黑暗时光没有给他留下多少记忆，但他永远记得在营地看见的一只活老虎。这些动物为杰拉德的童年生活带来了美好又奇异的体验，也贯串了他一生的创作。

五十多年来，杰拉德创作了无数个动物角色。但他并不旨在塑造美丽优雅的动物形象，相反他笔下的小家伙时而藏匿在丛林中，时而滚落在泥水里，举手投足间释放着一种野性的可爱。杰拉德喜欢从儿童视角去刻画角色，动物的行为举止颇具孩子气，这会让小读者在阅读时感到很亲切。

杰拉德画尽了动物的喜怒哀乐等各种表情神态。在《米莉的大惊喜》中，每个动物的肢体语言和表情都能让读者感受到他们的自信、骄傲。而在《糟糕

的发型》中，不论是"大头贴"式的特写镜头，还是呈现船上派对的跨页全景，其中狮子苦恼的表情都似复制粘贴一般，为画面平添了几分喜剧效果。这些小动物夸张有趣的造型，体现了杰拉德天马行空的想象力、活泼浪漫的童心和奇异狂放的创造力。

除了丰富的动物角色，杰拉德的作品还洋溢着真挚的热情和独特的幽默感，甚至有些搞怪和闹腾。他有让人相信这个快乐世界真实存在的魔力，从色彩表现到版式构图，无不渗透着热闹狂欢的气氛。

杰拉德的插画有自由随性的活力和儿童画般的稚气感。有时候，他并没有遵循规规矩矩的上色方法，画面里随处可见波点、条纹、色块的自由组合，这与孩子们信手而涂的上色习惯有异曲同工之妙。杰拉德的用色也非常贴合孩子们的审美，明亮鲜艳的颜色往往更容易引起孩子兴奋、愉悦的情绪反应，他们会不由自主地沉醉在这缤纷绚丽之色营造的欢乐气氛里。

在构图方面，杰拉德也是渲染热闹氛围的高手。通常加了框的画面会显得拘谨，虽有秩序感，却缺乏活力。但在《糟糕的发型》里，杰拉德勾勒细线框住画面，却丝毫收拢不住活泼欢快的氛围，跳动的色彩与线条簇拥着欢乐溢出边框。动物们扑通溅起的水花、闪耀夜空的烟火、随风飘扬的五彩旗帜，无一不荡漾着生机和活力，让人情不自禁地被这种嘉年华式狂欢与喜悦的氛围所感染。《糟糕的发型》中丰富充实的场景，让画面富有热烈之趣和灿烂之

美，但《米莉的大惊喜》中大量的留白也丝毫没有减弱热闹的气氛。在大片空白的背景里，小读者的目光不自觉地就会聚焦在动物身上。这些视觉上别具一格的设计，怎么能不捕获孩子们的心呢？

杰拉德在图文合奏方面也尽显轻松幽默且富有游戏性的叙事风格。《米莉的大惊喜》和《糟糕的发型》都在有趣的一问一答中巧妙地推动故事向前发展，并主导图画的节奏。杰拉德站在儿童的立场，用图画和文字表现童心。翻页之间，趣味横生。画面里不怀恶意的滑稽成分逗得孩子们开怀大笑，而温情友爱的瞬间又会让他们感到满足。

孩子阅读图画书绝非为了接受教训或者道理，而是为了在其中看到自己，看到快乐的游戏与神奇的幻想。杰拉德的作品流淌着童真的色彩、充盈着天马行空的想象、蕴含着显著的游戏精神，正是这些艺术特质让他的作品拥有随着时间流逝也不会减弱的恒久魅力。

为你朗读，让爱成为魔法！

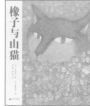